Dis-nous Murphy

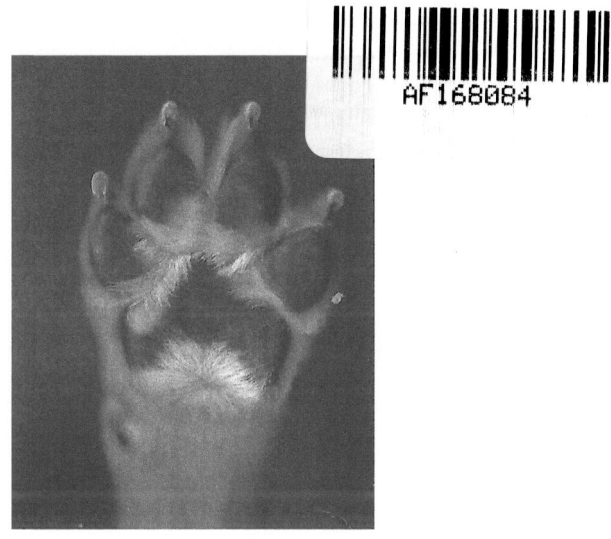

Marjorie COLLET-MAILLARD

Dis-nous Murphy

Prologue

Il était une fois un chien. Il était une fois un beagle. Il était une fois un chien, un beagle, qui avait une page Facebook. Il était donc une fois Murphy, le chien, le beagle qui narrait ses histoires sur la page Facebook « Dis-moi Murphy».

Deux livres[1][2] sont nés de ces histoires et ce qui va suivre vous racontera comment tout a commencé. Enfin pas exactement le début de sa vie, plutôt de sa naissance dans le monde des mots. En fait, appelons cela le prequel.

Avant d'apprendre, il lui a fallu comprendre...

Voici l'histoire jour par jour.

---

1. Mémoires d'une junkie des grandes oreilles - 2018
2. Dis-moi Murphy - 2021

JOUR J : Apparition

C'était arrivé à mon réveil, j'avais senti quelque chose de différent. Je ne pouvais pas dire ni pourquoi ni comment mais c'était là. Je ne pouvais pas expliquer cette subtile différence ressentie mais personne ne peut dire pourquoi un jour, l'enfant lâche la main, s'élance et fait ses premiers pas. Il sent qu'il peut, c'est tout.

Sous mon corps, les poils longs et odorants et la douceur particulière de la couverture m'avaient chatouillé les narines, comme à chacun de mes réveils. Mon environnement n'avait pas changé.

Je m'étais alors étiré tous les muscles, pour, par acquit de conscience, faire l'inventaire et vérifier si physiquement rien n'avait été modifié. Tout ce qui devait être là y était encore et rien n'avait pris la place de quelque chose d'habituel. J'étais moi et chez moi.

Mais qu'y avait-il de différent? Ma voix peut-être? Alors doucement je m'étais essayé à faire quelques vocalises. Juste des « Urmf » et des « Grouf » étaient sortis de ma gorge. Bon, mes cordes vocales n'avaient pas évolué, je ne savais pas parler, c'était un état qui n'avait pas changé.

Et qu'en était-il de mon odorat? J'avais ouvert grand les

narines. Des senteurs de produits d'entretien, de peinture fraîche, de pain grillé étaient arrivées en masse dans mes capteurs olfactifs.

Les odeurs corporelles de ceux qui vivaient avec moi m'étaient familières aussi. Rien de neuf non plus de ce côté-là.

Ma vue peut-être ? Je n'avais toujours pas ouvert les yeux, ce changement se passait certainement à ce niveau-là. J'avais soulevé délicatement les paupières, une lumière vive et intense m'avait brûlé les rétines… C'était donc ça. Ma vision n'était pas différente : elle n'était plus, tout simplement.

La panique avait commencé à se frayer un chemin dans mon esprit quand le contour des meubles s'était dessiné en ombre chinoise.

Au temps pour moi, ma vue était toujours là et cette lumière aveuglante avait été créée par les rayons du soleil qui avaient réussi à passer entre les rideaux. Donc, j'étais moi, chez moi alors pourquoi cette sensation bizarre que ma vie allait être chamboulée ?

Le temps de réfléchir, de me demander pourquoi le soleil était si haut à l'heure de mon réveil qu'une voix m'avait fait l'effet d'un uppercut.

JOUR J (suite) : Interrogation

« Alors mon Doudou, sacrée grasse mat ! Te voilà enfin réveillé, je commençais à m'inquiéter. Tu te sens bien ? »

D'abord le bourdonnement entre les oreilles, comme une impression d'avoir une mouche coincée dans le cerveau. Puis le choc ! J'avais vu les lèvres de Môman bouger, j'avais d'abord entendu un son familier puis … C'était devenu la panique !!!

Tous les trucs que je prenais pour des bruits de gorge humains avant venaient à cet instant-là de prendre un sens. Je comprenais le sens des mots prononcés !!! Moi, Murphy, chien de mon état, je comprenais parce qu'une mouche me faisait la traduction. Enfin, c'est immédiatement ce que j'avais pensé.

Puis j'avais décidé de ne pas essayer de comprendre, c'était déjà un rien surréaliste, suffisamment en tout cas. Était-ce d'origine céleste ou magique, une erreur ou un cadeau, un don ou une malédiction, peu importe ce que c'était, j'avais décidé d'appeler cette mouche, Mr Trad. Un nom, un diminutif du mot traduction, pour ne pas oublier qu'il y avait quelque chose avec moi et pour une raison, forcément.

Alors, si ma compréhension du vocabulaire humain était restreinte jusqu'à cet instant, je venais de réaliser que le monde des Hommes s'ouvrait à mon esprit. J'allais savoir et comprendre tout ce que les humains allaient dire. Voilà ce qui avait changé, ce n'était pas ma vue mais ma vision que j'allais avoir sur le monde.

Saperlipopette! Mais qu'est-ce que j'allais faire de ça?

JOUR J (suite et fin) : Acceptation

Malgré ce nouveau sens apparu quelques instants plus tôt et la panique que cela avait amenée, entendre cette voix m'avait beaucoup rassuré parce que j'en connaissais parfaitement chaque intonation.

Elle s'était assise à même le sol près de moi et m'avait caressé doucement la tête. « Ça va mon Doudou ? », m'avait-elle demandé. Je savais interpréter chaque changement de débit, chaque changement de tons, aigus ou graves. Je savais donc quand elle allait bien ou quand elle était soucieuse, je n'avais jamais eu besoin de comprendre ses mots. à ce moment-là, je n'avais été pas certain que comprendre allait changer quelque chose à notre relation pour la simple et bonne raison que cette personne était la plus précieuse pour moi. C'est l'amour de ma vie, je n'ai pas peur de le dire.

Elle a un prénom, un surnom, un diminutif qu'elle déteste et on peut l'appeler de différentes façons. Certains disent qu'elle est ma maîtresse, ma « dame », ma « dadame », mais pour moi, c'est Môman ! Alors oui, je sais ce que vous allez dire, je suis un chien, elle est une humaine, techniquement on le sait tous, elle n'a pas pu m'engendrer.

Mais sincèrement je me fous un peu de ce que vous en penser, elle est l'amour de ma vie, mon univers, et fallait bien que je la nomme autre que « humaine ». Môman est un bon choix, je l'aime plus que tout, elle a toujours été là pour moi, elle m'a nourri, éduqué et soigné, et je sais qu'elle le fera jusqu'à ce que je ne sois plus.

N'en parlons plus, elle est Môman et moi Murphy, je suis son Doudou. Quelqu'un a quelque chose à ajouter ? Non ? Parfait alors.

Maintenant vous savez comment du jour au lendemain, j'ai compris les mots des humains, ma vision des choses a été quelque peu, comment dire, remise à zéro. C'est ça, je venais de naître et j'avais tout à apprendre de la subtilité de la langue parlée des humains.

Mazette ! Cela n'allait pas être de tout repos.

Si j'avais découvert que les mots prononcés par les humains étaient plus qu'une musique ou un brouhaha selon le cas, il existait tout de même certains moments où, fallait l'admettre, les humains disaient n'importe quoi. Ou alors Mr Trad était bien fatigué, parce que parfois une conversation entendue ici et là me laissait complètement dubitatif.

Mr Trad n'était-il pas censé donner un sens? J'avais eu vraiment le sentiment que des mots m'étaient donnés au hasard afin de combler les vides laissés par une traduction approximative. C'est ce que vous allez découvrir dans ce qui va suivre.

Voici donc jour par jour mon aventure au pays des mots.

JOUR 1 : Sortir de la cuisse de Jupiter

Premier matin de ma nouvelle vie... Puisque de toute évidence, seul des « urmf », « grouf », « whoua » sortent d'entre mes lèvres, je fais, afin d'attirer l'attention, des allers et retours entre le robinet et la gamelle pour indiquer que ce serait sympa qu'on mette un peu de fraîcheur dans ma boisson en renouvelant l'eau du récipient prévu à cet effet.

Môman, seule humaine présente à ce moment-là me regarde exécuter mon petit va et vient et me dit d'un air agacé : « Non mais, tu peux attendre deux minutes non? Tu te crois sorti de la cuisse de Jupiter? Tu attendras que je finisse mon petit-déj! ».

Alors non Môman, je ne me crois pas sorti de la cuisse d'un certain Jupiter. En plus, je sais très bien que je ne suis pas sorti d'une cuisse. Je ne suis qu'un chien mais je sais par où se passent ces choses-là! Je vous le dis, elle m'inquiète un peu. Je me demande si c'était vraiment du café qu'elle a mis dans son bol. Bon je le sais que le matin, Môman est un peu grognon, je lui faisais juste remarquer que mon eau manquait un peu de fraîcheur.

Mais quand même : Môman, fais gaffe, je comprends maintenant. Ou alors, elle a dit : « Mon roi aura de l'eau de la rivière » et le traducteur que je nomme Mr Trad a eu une défaillance et a comblé les manques avec les mots se trouvant à sa portée.

La possibilité que Môman ne soit pas totalement réveillée et ait bafouillé ce truc à la cuisse de Jupiter est une éventualité qu'il ne faut pas rejeter non plus.

Bref, je ne saurai jamais mais ce dont je suis certain - et là-dessus y a aucun doute - c'est qu'il ne faut rien demander à Môman tant qu'elle n'a pas fini son premier café !

JOUR 2 : C'est un ours mal léché

Bon, je crois que Môman a un gros problème de vision, enfin de vue! Et non, cette histoire ne s'est pas passée avant la fin du petit-déjeuner. Déjà qu'elle cause bizarre avant la fin du premier repas de la journée, n'allez pas prétendre qu'en plus elle y voit mal. Enfin, elle porte des lunettes, donc, en toute logique elle a comme qui dirait une défaillance à ce niveau-là... Nan, pas à ce point tout de même!

Bref, Pôpa rentrant un panier plein de victuailles à la main, regarde Môman et lui lance : « !! Grogneu...gens...pas possible...mal garés...grogneu... j'aime pas faire les courses...grogneu... ».

Mouais, parfois mon Pôpa fait des « grogneugneu », Môman aussi quand j'y pense et généralement je n'y prête pas attention. Je fais comme si je n'entendais rien, des fois que ces « grogneugneu » me sont destinés, on ne sait jamais.

Mais là j'ai entendu Môman dire à Pôpa : « Parfois, tu ressembles à un ours mal léché ». Ai-je bien compris? Pôpa ressemblant à un ours? Nan, j'en ai jamais vu en vrai mais à la télé oui, alors je sais que Pôpa ne ressemble pas à un ours, il ressemble à un ... Pôpa!

Môman s'il te plaît, va voir le marchand de lunettes. Ou je sais pas, donne-les-moi, je vais passer un grand coup de langue de nettoyage sur les trucs transparents mais je te jure, il y a vraiment quelque chose qui cloche !

JOUR 3 : Ce n'est pas à un vieux singe qu'on apprend à faire la grimace

L'heure est grave les amis. Après que Môman a cru voir un ours mal léché en la personne de Pôpa, voilà que celui-là se prend pour un primate. Je m'explique : tous les soirs avant d'aller coucher, je dois effectuer ce qu'ils appellent le « dernier pissou ».

Drôle de cérémonie de la part de mes maîtres consistant à me regarder faire l'ultime levée de patte de la journée. Si en règle générale, je m'exécute bien gentiment, il m'arrive d'être réfractaire à cette pratique, pour la simple et bonne raison que j'avais déjà commencé ma nuit. Et quand je dors, je dors !

Et puis, je sais qu'il suffit d'aller souffler dans le nez de Môman, et ce, quelle que soit l'heure de la nuit, pour qu'elle vienne ouvrir la porte qui mène au jardin où je peux sans souci effectuer le geste qui délivrera ma vessie. Après, il paraît que quand c'est la nuit, elle n'aime pas trop venir à mon aide. Sont quand même un rien compliqués ces humains.

Bref, ils ont inventé un stratagème qui consiste à me faire miroiter la dégustation d'un magnifique petit gâteau si je consens à satisfaire la demande. Donc, si je m'adonne à cette pratique ancestrale qui est de faire le dernier gros « pissou » avant la nuit de mes humains, j'ai la satisfaction d'avoir en cadeau un succulent petit biscuit. Mais voilà, étant un beaglou filou et gourmand, j'avais pris l'habitude de juste faire semblant. Et puis dans le noir, les humains n'y voient pas bien.

Comment je le sais ? Ben, si ils voyaient la nuit comme en plein jour, ils n'appuieraient pas sur tous les petits boutons qui donnent le jour quand la pénombre s'installe !

Donc je sortais, faisais quelques pas dans le noir, levais une patte arrière, peu importe laquelle, et rentrais au petit pas de course réclamer mon biscuit, sans avoir préalablement vidé ma vessie ! Mais depuis quelque temps, Pôpa, ayant sans doute remarqué ma filouterie, me surveillait de près. Alors je ne sais pas si c'est à cause de la nuit ou de la lune, ou de l'heure tardive mais quand je fais mine de rentrer sans avoir fait le pipi, Pôpa me dit :

« Murphy, ce n'est pas à un vieux singe qu'on apprend à faire la grimace, alors file ! »

Alors je suis d'accord, j'étais pris en « flag » de non-respect de l'exécution de la cérémonie mais je vous le demande : que viennent faire le vieux primate et la grimace dans cette histoire?

JOUR 4 : Donner sa langue au chat

Faut absolument que je vous prévienne, vous allez être sous le choc. Je vais vous raconter comment j'ai été victime d'une terrible injustice. Alors, je sais qu'il y a des choses que j'ai le droit de faire et d'autres pas. Courir après les chats fait partie de la deuxième catégorie.

Et cela, même si il perturbe ma séance de reniflage quotidien ! Après comme le précise Môman, elle pense que c'est de la curiosité et ne pense pas que je lui ferais du mal mais dans le doute, j'ai l'interdiction de m'approcher d'un petit chat sans précautions et autorisations préalablement faites. Donc voilà, pas le droit de courir après les chats, pas le droit de les approcher de près. Depuis l'épisode du bébé oiseau que j'avais planqué entre les canines, Môman se méfie.

Vous dites ? Nan, je n'ai pas croqué le bébé oiseau, je voulais le ramener à la maison, il était tout doux, encore plus que mes doudous poilus. N'empêche que Môman revoit toujours sa p'tite tête sortir de dessous mes babines [1].

---

1. Êtes-vous choqués ? Oui c'est vrai, j'avais mis l'oisillon dans la gueule. Mais où vouliez-vous que je le mette ? Je n'ai pas de poche dans la fourrure. En tout cas, je vous jure que je ne l'ai pas croqué. Pas une égratignure le « zoizeau » puisque, de retour sur la terre ferme, il avait couru rejoindre sa fratrie dans les hautes herbes. Parole de Môman !

Revenons au minou et à l'injustice.

Hier, Môman a dit un truc qui m'a complètement et totalement sidéré ! Elle a dit à Pôpa, tenez-vous bien, elle a dit : « Je donne ma langue au chat ! » Ben voilà, Môman donne sa langue à un chat inconnu et moi j'ai même pas droit d'aller lui renifler le popotin ! Si c'est pas de l'injustice, dites-moi ce que c'est ?

JOUR 5 : Ça ne casse pas trois pattes à un canard

Le beagle est un chien de chasse et je suis un beagle. Dans le gros livre, c'est marqué... comment vous dites? Noir sur blanc, c'est ça? Moi, je dirais plutôt gris foncé sur beige mais ce n'est pas le problème du jour. Le problème, c'est le canard. Le canard est un palmipède, un oiseau aux pattes palmées, que je suis censé connaître du fait de mon patrimoine génétique.

Un canard, un oiseau donc, ça a deux pattes. Je n'ai pas reçu la médaille Fields[1], certes, mais il me semble que je sache compter au moins jusqu'à quatre. Donc Môman était dans la cuisine, moi au plus près d'elle, et plus près en ce qui me concerne serait sur Môman.

Elle cuisine, découpe (mon truc préféré, y a toujours un morceau qui tombe), ça mijote et de son avis, cela aura le goût du divin. Vous vous demandez ce que fait le canard dans cette histoire d'autant plus que je l'affirme, ce n'était pas un canard dans la cocotte!

J'y viens, j'y viens. Bref, ça fait « blop blop » dans la

---

1. La médaille Fields est avec le prix Abel, une des deux plus prestigieuses récompenses en mathématiques. Toutes deux sont considérées comme équivalentes à un prix Nobel inexistant pour cette discipline (source Wikipédia).

casserole et c'est long, très long à cuire de divin, je vous le dis. Le moment est enfin arrivé de dévoiler, de se lécher les babines, de humer le divin, de baver à tremper le carrelage... Miam miam !

Elle pose la grosse casserole sur la table, je suis aux aguets.

Elle prend une cuillère et prend un morceau de divin, j'ai les babines en état de choc.

Elle souffle sur la cuillère, j'ai envie de lui crier : « Môman, fais péter le divin, on s'en fout si c'est chaud ».

Elle goûte pendant que moi je goutte.

Elle regarde Pôpa et dit : « Zut alors, ça ne casse pas trois pattes à un canard ».

Alors, si j'ai compris, c'était pas du divin. Mais je me dis qu'étant donné que Môman ne sait pas compter les deux pattes d'un canard, comment voulez-vous qu'elle sache compter de nombre de trucs à mettre dans la casserole ! Franchement elle espérait faire du divin au pif ? Elle ne doute de rien !

JOUR 6 : En faire tout un fromage

Je l'ai compris pas plus tard qu'hier. Môman est nulle en animal aquatique aux pattes courtes et palmées. Pour être plus précis, elle ne sait pas combien de pattes possède un animal de la famille des *Anatidae*. Je sais ce que vous allez dire, et non je ne fais pas celui qui sort sa science.

Bon peut-être un chouïa. D'accord, j'avoue, mais avouez qu'un peu de culture, ça ne fait pas de mal et si vous voulez en savoir plus, je vous suggère d'aller voir dans les encyclopédies si vous n'avez pas dans votre tête un Mr Trad comme moi, qui, j'avoue, est parfois d'une aide précieuse. Donc, qui savait qu'un canard fait partie de cette famille-là ? Bref, hier elle a voulu faire du divin et ça a fait un flop d'après elle. D'après Pôpa, c'est mangeable et d'après moi, parce que j'ai eu le droit à un petit morceau, c'était ma foi, plus goûtu que mes croquettes.

Mais je confirme et je reconfirme, point de canard dans la casserole. C'était ... c'était... PRRRR... Une préparation avec des trucs comestibles, enfin je crois. En tout cas, Môman n'est pas près de dire ce qu'elle avait mis dans cette fameuse casserole, elle était dépitée d'avoir passé une bonne partie de la journée pour avoir un tel résultat. Elle n'arrêtait pas de dire qu'elle aurait dû faire des nouilles, elle aurait gagné du temps et puis tout le monde aime les nouilles.

Je suppose qu'à un moment Pôpa en a eu un peu marre d'entendre tout ça. Il avait beau lui dire que franchement, c'était quand même bon, il ne fallait pas qu'elle se mette dans ces états-là.

Mouais, le « quand même » n'était pas passé et Môman s'était lancée dans un de ses laïus qui avait fait regretter à Pôpa d'avoir utilisé cette locution adverbiale. Il a fini par lui dire qu'il ne fallait pas qu'elle en fasse tout un fromage !

Alors pitié Môman, je t'en conjure, écoute Pôpa, n'essaie surtout pas de faire du fromage avec ce qu'il reste dans la casserole. Tu sais que question bouffe, j'suis pas difficile mais là, si tu tentes de faire du fromage avec les restes de ton divin raté, ne compte pas sur moi pour y goûter !

JOUR 7 : Avoir le cul bordé de nouilles

Alors, je ne vais pas encore parler des talents culinaires de Môman. Il me semble qu'elle a déjà eu droit à son chapitre. En fait deux, mais c'est pas important. Je vous rappelle que je suis là pour vous expliquer que parfois, être un chien qui comprend tous les mots que les humains prononcent, ce n'est franchement pas évident.

Vous vous souvenez tout de même, que pas plus tard qu'hier, il était question de faire des nouilles à la place du prochain essai de divin pour éviter toute déconvenue lors de la dégustation du plat. Alors, soyons franc, cette histoire de nouilles a perturbé le bon fonctionnement du cerveau de ladite cuisinière. Si je vous assure, j'en ai la preuve. Je vous explique.

Pôpa avait un rendez-vous dans une grande ville. Il paraît que pour trouver une place pour se garer, c'est très très compliqué. Il dit qu'il lui arrive de tourner de très longs moments autour du lieu de rendez-vous sans jamais en dénicher une. Mais ce matin, il a dit qu'au moment où il arrivait, une place s'est libérée juste devant l'entrée du lieu de son rendez-vous. En temps normal, Môman aurait dit qu'il avait eu de la chance mais là elle a dit : « t'as le cul bordé de nouilles ! ».

Alors ? J'ai raison, n'est-ce pas ?

Le cerveau de la cuisinière a bien disjoncté !

JOUR 8 : Donner du fil à retordre

Je vous le jure, je donne beaucoup de choses. Mais ça ? j'ai beau chercher, creuser, bah, je vois pas comment et pourquoi surtout.

Pis d'abord, c'est qui cette dame qui discute avec Môman ? Je lui en pose des questions ?

Patati patata … C'est quelle race ? Eh M'dame, je suis un beagle, un vrai ! Non, je ne suis pas trop grand !

Le fils de ta voisine en avait un et il était plus petit ? Faut que je te dise un truc M'dame, le beagle, c'est comme les humains, y'a des grands, y'a des petits !

Bien dit Môman, c'est exactement que ce que je venais de lui dire. Mais c'est quoi ces questions ? Non je ne suis pas goinfre ? A la limite gourmand, mais je dirais que je suis … épicurien !

Non je ne suis pas têtu, j'aime réfléchir et poser le pour et le contre avant de prendre une décision.

Des trous dans le jardin ? Non M'dame, j'aère les sols !

Pot de colle, moi ? Depuis quand aimer est un défaut ?

Viens Môman on s'en va, parce qu'en plus elle demande si je t'ai donné du fil à retordre !

Je sais même pas à quoi ça ressemble du fil à retordre !

JOUR 9 : C'est la fin des haricots

J'étais là, j'ai tout vu, j'étais posté sur mon mirador. Des étrangers dans mon jardin, ça se surveille. Le monsieur qui avait une pelle dans la main s'est écrié d'un coup. « Stop » qu'il a dit à la grosse machine qui creuse. Elle est drôlement obéissante parce qu'elle s'est arrêtée.

En ce qui me concerne, quand je creuse, on a beau me dire « stop », « ça suffit » ou un truc du genre, faut me mettre un biscuit sous le nez pour capter mon attention.

Bref, la machine a obéi et j'ai vu le monsieur à la pelle regarder dans la cavité, y descendre et disparaître. Si ça se trouve une taupe mutante s'y trouvait et venait de l'avaler tout cru. Vous dites? Quelle idée d'imaginer une taupe mutante? Oui, ben, mon imagination délirante a fait des bonds depuis que j'ai vu un extrait du film Alien, suivi d'un reportage sur des ragondins. Bref, pas de taupe puisque que le monsieur est réapparu. Il est sorti du trou, a pris son téléphone, et après je sais pas, je suis descendu de mon mirador. Avoir évoqué un petit gâteau a réveillé mes papilles. Je suis donc allé voir Môman et lui ai fait mon regard qui tue en lui apportant mon jouet dans lequel on peut mettre des trucs à grignoter. J'étais en pleine dégustation quand quelqu'un a frappé à la porte. J'ai entendu le monsieur à la pelle, qui n'avait plus sa pelle d'ailleurs dire à Môman :

« Bonjour Madame, s'il vous plaît, ne sortez pas de chez vous, on vient de trouver un obus[1] dans votre terrain, je viens d'appeler les démineurs, ils arrivent d'ici une heure ». Môman a juste dit : « Ben zut alors, c'est la fin des haricots ». Mouais, mouais. Je suppose donc que Môman avait planté des gros haricots et que le monsieur a cru que c'étaient des obus.

Je suis sous le choc, Pôpa et Môman ne vont plus avoir de haricots ! Au fait, les biscuits, dites-moi qu'on ne les fabrique pas avec ces haricots ?

---

1. Cette histoire d'obus est une histoire véridique. Lors de travaux d'enfouissements des câbles électriques et mise en conformité du réseau, une tranchée a été creusée dans notre jardin. Enterré sous un mètre cinquante de terre se trouvait réellement un obus datant de 1917 selon les démineurs.

JOUR 10 : Chassez le naturel, il revient au galop

Parfois, il s'avère que je m'aperçois que j'ai quelques lacunes malgré ma grande connaissance en zoologie, qui est, je vous le rappelle, la science qui étudie les animaux.

Donc je sais que quand ça vole, j'ai beau courir vite, je ne peux pas l'attraper. Quand ça nage, euh, faut se mouiller pour tenter de l'attraper alors non. Mais quand ça court, ben ça dépend si ça a de grandes oreilles ou pas. Bref je m'y connais en animaux, mais celui-là, je ne sais pas de quoi il a l'air. Je sais juste qu'il galope.

Je sais aussi qu'il existe plein de gens qui le chassent. Le plus bizarre c'est qu'il paraît que moi aussi je le chasse! J'y réfléchis souvent quand je suis couché dans mon panier tout moelleux. J'en rêve même et il paraît que je cours en dormant.

Bref, quelqu'un peut-il peut me dire ou m'expliquer? Des fois, je crois le trouver quand j'essaye d'attraper un lapin ou un mulot dans les champs parce que Môman n'arrête pas de le dire.

Mais je ne l'ai jamais vu. Pitié! Dites-moi, ça a quelle tête un naturel? En plus il paraît qu'il revient au galop. En tout cas, je ne l'ai jamais vu revenir, ni partir d'ailleurs! Eh, Mr Trad? Pourriez-vous me donner quelques informations complémentaires? S'il vous plaît... J'implore votre grandeur! PFFFffff...

JOUR 11 : Mettre les pieds dans le plat

Comment se peut-il que cela se soit passé devant mes yeux et que je n'ai rien vu ? Ils étaient tous là, discutaient, mangeaient. Moi, à mon poste, comme d'habitude.

J'étais donc assis tout près de la table, surveillant les humains, les mains, les assiettes et les allers et venues avec parfois des plats débordants de victuailles. La truffe en éveil, les oreilles grandes ouvertes, mes muscles tendus, j'étais prêt à bondir sur la moindre miette qui quitterait l'environnement de la table ou d'un plat pour aller s'aventurer sur le sol. Ce que disaient les humains, en règle générale, je n'y prêtais pas attention à l'heure des repas en famille, trop de brouhaha, mais j'avais tout de même un petit bout de tympan aux aguets pour pouvoir entendre et répondre rapidement par un prompt déplacement à un « Tiens Murphy ».

Donc voilà, ça s'est passé et je n'ai rien vu ! C'est Môman qui en a fait la remarque à un de mes frères humains quand le reste des invités est parti. Elle lui a dit : « Mon chéri, la prochaine fois, évite de mettre les pieds dans le plat. Tu connais Papy, il était à deux doigts de mal le prendre ».

Ben voilà, paraît que mon frangin a mis ses pieds dans un

des plats et je n'ai rien vu! Je ne comprends pas, parce que moi, quand j'essaie de mettre un petit bout de langue dans un plat, tout le monde le voit! Ça m'a quand même perturbé cette histoire et depuis j'y réfléchis, et je crois que c'est dû à ma vision périphérique qui devait être de travers ce jour-là ou alors il a profité de ma pause « dégustation de ce que Môman me glisse en cachette ».

En tout cas la prochaine fois, je ne quitte pas mon frangin des yeux parce que lui, en train mettre son 45 fillettes dans un des plats que Môman a préparé, ça doit être un de ces spectacles!

JOUR 12 : Ne vendons pas la peau de l'ours...

Quand mon frère humain a dit cela, j'ai été un peu... décontenancé. Euh, ça se dit décontenancé, enfin je veux dire je l'utilise comme il faut ? Bref, je suis resté sur le cul ! Il parlait d'un examen qu'il avait passé, pas un truc médical, un examen genre diplôme. Tout le monde lui demandait si il avait réussi et il avait répondu qu'il le sentait pas trop mal. Bon, déjà à ce moment-là, j'étais perplexe. Ça sent ou ça ne sent pas.

Sentir pas trop mal, ça ne veut rien dire, ou alors il avait le nez à moitié bouché mais là encore j'imagine, je suppute, parce que je n'ai jamais eu le nez à moitié bouché. Et même si ça avait été le cas, la moitié de mon odorat c'est beaucoup plus que son nez entier. Oui, vous avez raison je m'égare, revenons à ce qu'il a dit qui m'a fait rester sur le cul. à la fin de cette conversation, il a dit :

« On verra, de toute façon il ne faut pas vendre la peau de l'ours avant de l'avoir tué ». Je ne vous explique pas les images qui me sont passées par la tête. Jamais mais jamais, je n'avais imaginé mon frère en chasseur d'ours. Eh frérot, t'as plutôt intérêt à lui laisser sa peau à ce pauvre ours. D'abord, il ne t'a rien fait et puis les peaux en matière synthétique, ça existe.

Moi qui te croyais pacifiste, vouloir prendre la peau d'un ours... Pfff c'est du n'importe quoi! Remarque, si tu t'attaques à un ours, je ne sais pas lequel des deux aura la peau de l'autre. Enfin, j'ai une petite idée et le gagnant sera beaucoup plus poilu que l'autre.

JOUR 13 : Y'a pas le feu au lac !

« Oh Murphy, y'a pas le feu au lac ! ». C'est toujours ce que me dit Môman quand je réclame mes croquettes du soir ! Sincèrement, je ne vois pas le rapport entre la bouffe et un lac qui prend feu. Déjà, pour moi un lac, c'est une grande étendue d'eau. Et de l'eau, à part mouiller et désaltérer, je ne vois pas comment et pourquoi on y mettrait le feu !

Nous voici revenus au point de départ, quel rapport peut-il exister entre des croquettes, un lac et du feu ? Des fois, j'en ai un peu marre de tout ça.

Zut alors si je savais qui m'a donné ce don, enfin plutôt, qui a dit à Mr Trad de venir s'installer pas loin de mes oreilles, je lui dirais bien des tas choses.

Mais Mr Trad risquerait de me reparler de lac, d'ours, de pieds, de plats et même du canard à trois pattes et sincèrement je ne serais toujours pas avancé.

JOUR 14 : Donner de la confiture à un cochon

Plus le temps passe, plus je me dis qu'il y a un truc qui ne va pas. Cela se passe toujours de cette façon : les humains parlent ou causent, j'entends les mots prononcés. Au même moment je suppose, Mr Trad me concocte un petit texte traduit qu'il me dépose entre les oreilles. Sur ce point, il a été au top à chaque fois, ni en avance, ni en retard. C'est sur le contenu que parfois, j'émets quelques doutes.

Des erreurs doivent se glisser dans les traductions, cela n'est pas possible autrement. Ou Mr Trad est trop fatigué et il prend des mots au petit bonheur la chance comme vous dites, ou... Ou il est trop vieux et pas assez réactif et de ce fait, il merdouille un chouïa. Je m'explique.

Môman emmène sa maman faire les courses, et ce, une semaine sur deux. Quand elles rentrent, elles ont coutume de se préparer un petit goûter et achètent pour l'occasion des chouquettes. Bon, je ne vais pas vous mentir, j'adore les chouquettes, autant que les Biscrocks, c'est peu dire. Elles s'installent donc à la table de la cuisine, sirotent le petit café et dégustent les petites chouquettes. Moi, beagle de mon état, gourmand et friand des choses que Môman met à sa bouche, je guette. Enfin, je réclame aussi et Môman a pris l'habitude de me faire participer à ce festin. Sauf que la dernière fois, Mamie a dit que je ne mâchais même pas, que je ne devais pas sentir le goût et que c'était donner de la confiture à un cochon.

Vous avez remarqué comme moi, y'a erreur non ? Autant pour la confiture je ne peux pas trop la contredire parce qu'il est évident que je la goberais, la confiture c'est inconsistant et mou, mais franchement, aux dernières nouvelles je ne suis pas un cochon !

Ohoh ! vous m'entendez là-haut ? Monsieur le traducteur, puis-je avoir votre attention ? Je suis un C H I E N, un chien pas un cochon !

JOUR 15 : Et mon cul c'est du poulet ?

En tant que chien, j'ai remarqué une chose. Quand ils se croient seuls les humains ne font pas trop attention à ce qu'ils disent ou font. Môman, des fois, elle parle à son ordinateur.

Je sais, c'est flippant. Et déjà que les gens la prennent pour une folle quand elle m'adresse la parole, si ils la voyaient comme ça, à mon humble avis, ils viendraient lui mettre une camisole de force *illico*.

Je ne sais pas trop ce qu'elle lit sur son écran mais ce que je sais c'est que parfois, elle parle fort. J'ai essayé de savoir, vous pensez bien. Je me suis assis plusieurs fois près d'elle, la tête sur ses genoux. En général, c'est comme ça qu'elle me fait des confidences. Eh oui, j'en ai entendu des choses, sauf qu'à l'époque je comprenais un mot sur dix ou vingt, pas facile de combler les manques, je vous le dis.

Bref, cette fois-là, elle semblait en colère, très en colère et très triste à la fois. J'ai cru un instant qu'elle voyait la vidéo de quand je bouffe l'étui avec les lunettes mais après réflexion, elle n'aurait pas gardé la preuve d'une de mes erreurs de jeunesse. Enfin je ne crois pas.

Bref j'y étais pas du tout, elle lisait des articles ou des

publications, je peux pas dire mais ce que je sais, c'est qu'il était question d'abandon pour cause de déménagement, de séparation, de « je l'aime mais il sera mieux ailleurs », de « je sens qu'il n'est pas heureux », « à la base c'était pas mon chien », « J'ai un bébé et j'ai peur avec le chien ».

Donc Môman se croyant seule, a lancé de rage :

« Et mon cul, c'est du poulet ? ».

Je veux bien admettre que l'attitude de ces gens irresponsables, imperméables aux sentiments des animaux, qui considèrent l'animal de compagnie comme objet de consommation peut créer un traumatisme dans l'esprit de Môman mais je crois pas que cela va la transformer en gallinacée !

Bon je vais quand même aller vérifier si il ne lui pousse pas des plumes sur le popotin, on ne sait jamais !

JOUR 16 : Être une poule mouillée

Mais qu'est-ce que j'étais censé faire ? Ce truc avait un air louche et semblait montrer des signes agressifs. En plus, je n'arrivais pas à identifier son origine. Prédateur ou proie ? J'étais quoi pour lui ? Il avait un nez pointu et sa bouche crachait un venin en sorte de brume. Quant à sa queue, elle était longue, très longue.

Môman avait réussi à l'attraper et le tenait par la peau du dos. Mais ça se voyait qu'il se débattait et tentait de s'échapper des mains de ma sauveuse. Il secouait la tête en m'approchant de plus en plus. Ce qui m'avait paru un peu bizarre tout de même, c'est que Môman riait. J'avais pensé à de la nervosité, un trop plein d'angoisse et de peur qu'elle ne savait pas comment exprimer.

Moi-même, je ne savais pas comment réagir, alors je me mettais à aboyer puis je reculais promptement. J'attaque, j'attaque pas ?

Ce duel avait duré un certain temps jusqu'à que ce truc, cette bête devrais-je dire, a cessé toute activité et geste menaçants. Mais dressé sur la table, il avait l'air de me défier.

Bon maintenant que j'arrive au terme de cette anecdote, je me demande si c'était vraiment une bonne idée de vous la raconter surtout maintenant que je suis obligé de vous donner la chute.

Donc, Môman avait dompté la bête et l'avait sans doute terrassé. Il était sur la table de cuisine, inerte, la queue pendante.

Môman me regarde alors et dit : « Mais quelle poule mouillée tu fais, tu as eu peur d'un fer à repasser éteint ! » Voilà, voilà, c'était un fer à repasser mais qui dit qu'une poule même tout à fait sèche ne se serait pas enfuie directement sans « cot-cot » de mise en garde ?

Mais qu'est-ce qu'elle a avec les gallinacées en moment ?

Hein Môman ? Je te le demande ? T'as eu un gage ?

JOUR 17 : Prendre le taureau par les cornes

J'en ai marre mais j'en ai marre de ce traducteur, le dénommé Mr Trad. J'étais quand même plus tranquille avant quand je comprenais uniquement les mots essentiels à ma survie : manger, boire, aimer, dormir, jouer, balade et Biscrocks. Vous vous dites certainement que c'est limité mais à bien y réfléchir, il n'en faut pas tellement plus pour être un chien bien dans ses pattes.

Maintenant, vous le savez, tout est différent, je voyage au pays des mots sauf qu'à mon avis, je voyage en low cost.

Comment je le sais ? Facile.

Pas plus tard que ce matin, je me suis trouvé dans l'obligation de monter en voiture. Autant vous dire que je n'aime pas mais pas du tout monter dans le truc qui roule. Quand je suis à l'intérieur ça va, pour y descendre, pas de souci mais pour y monter... C'est ça, je fais mon relou. Je freine des quatre pattes, j'esquive, je fais marche arrière ou je feins le malaise. Bref, je ne fais aucun effort.

Ça fait cinq ans que Môman me porte et me dit des mots doux pour m'encourager. Et ce matin, Pôpa était pressé sans doute puisqu'il a dit : « Bon Murphy, t'accélères le mouvement ? T'exagères non ? Cinq ans que tu fais ton cinoche. Je te le dis, va falloir qu'on prenne le taureau par les cornes!»

Je vous jure, j'ai cherché, changé des mots de place, ou trouvé des mots aux sonorités proches qui ressemblent à tout ça, parce que là, là .... Je ne sais toujours pas comment un taureau tenu par les cornes pourrait me faire monter dans le truc qui roule. Quoique, me servir du taureau comme marche pied? Mais là encore faut quand même que ce soit un tout petit taureau. Nan, c'est n'importe quoi.

Euh... Y aurait-il possibilité de changer de compagnie en cours de voyage?

JOUR 18 : Revenons à nos moutons

C'est ce que Môman dit toujours. Elle a tendance à partir parfois tous azimuts quand elle écrit et qu'elle parle. Il est parfois difficile de suivre le cheminement de son cerveau. Ce qui me rassure, c'est que je ne suis pas le seul. Donc quand elle se rend compte qu'elle a perdu son auditoire, elle dit « revenons à nos moutons ».

Au début, sincèrement, je me disais que j'avais mal compris.

En fait non, c'est bien ce qu'elle dit.

Depuis je cherche un sens.

Si vous voulez mon avis, elle a dû vivre des vies antérieures en tant que bergère. Elle devait sans doute compter ses moutons à longueur de journée pour ne pas en perdre alors quand elle et ses amies bergères s'autorisaient une pause, elle disait en revenant à son troupeau : « Bon, revenons à nos moutons »

Je pense sans en être certain qu'il s'agit là d'un truc post-traumatique et qu'il y a eu des séquelles.

Franchement, pourquoi dans ce cas, revenir systématiquement aux moutons? En plus, je ne suis même pas un chien de berger, je suis un chien de chasse, certes, qui ne chasse pas mais quand même.

En mon honneur, elle pourrait au moins dire « revenons à nos lapins ».

JOUR 19 : Parler de la pluie et du beau temps

Un jour, Môman a dit qu'elle aimait les balades sous la pluie et que, la capuche sur la tête, elle adorait entendre le « ploc-ploc » que les gouttes faisaient sur son ciré.

L'eau qui coulait sur son manteau imperméable lui faisait comme une couverture de réconfort.

Bon, la poésie, c'est pas trop mon truc mais je comprends ce qu'elle veut dire parce que moi aussi j'adore la pluie. J'avoue que les gens la prennent un peu pour une folle, eux qui ne rêvent que de soleil et de plages sous les cocotiers. Môman, ce sont les grands espaces verts, une pluie de printemps qui vous inonde le visage et cette odeur si particulière que l'on sent quand l'eau tombe sur une terre un peu sèche. Et puis, quand c'est une pluie d'automne, cette saison qu'elle affectionne pour les couleurs qu'elle donne aux feuilles, elle aime le bruit de ses pas dans ces feuilles tombées sur le sol, elle aime l'odeur des feuilles en décomposition, elle aime ces gouttes glacées qui parfois viennent lui lécher le visage. Et toujours le « ploc-ploc » sur son manteau de pluie ...

Le soleil ? Elle dit qu'il lui brûle la peau et l'éblouit trop. Je ne sais pas si c'est parce que Môman me promène plus longtemps quand c'est jour de pluie que j'aime ça, ou si j'étais fait pour ça depuis ma naissance, je ne peux pas vous dire. Mais ce qui est certain c'est que nous deux, on rayonne sous les ondées.

Alors si un jour vous venez chez nous juste après une de nos balades humides, ne dites jamais : « Beurk, ça sent le chien mouillé ici », parce qu'il y a fortes chances que Môman vous rétorque un peu brusquement : « Non, ça sent le bonheur ! ».

Je me disais, et maintenant que j'y pense, ça doit être ça quand on dit qu'on parle de la pluie et du beau temps, non ?

JOUR 20 : Ne pas être né de la dernière pluie

Parfois, les jours se suivent et se ressemblent, surtout au niveau des intempéries d'ailleurs. Bref il pleut, il mouille et c'est génial!

Par contre, un truc me chiffonne un peu, pourquoi Môman a précisé plusieurs fois dans la conversation avec une de ses amies qu'elle n'était pas née de la dernière pluie? Ben, la dernière pluie, c'était tout à l'heure et je ne veux pas être malpoli ni quoi que ce soit d'autre mais est-ce vraiment nécessaire de préciser qu'elle n'est pas née tout à l'heure? Ou pire encore : spécifier qu'elle n'est pas née de la rencontre de la pluie avec une entité quelconque?

Et ce n'est pas à moi, si nécessaire, de lui faire un cours sur les abeilles ou autres petites bestioles. Si vous voulez mon avis, c'est une phrase codée, un truc entre copines. Alors je n'ai aucune idée de ce que cela pourrait pouvoir dire... Môman a bien dit : « Mais pour qui m'a pris cette personne au téléphone, je ne suis pas née de la dernière pluie!» et il me semble que son amie a répondu : « De toute façon, y a toujours un loup dans ce genre d'appel».

Pitié les filles, mettez le décodeur en route ou pitié, dites-moi qu'il y en a un! Pas question pour moi de vous expliquer les petites abeilles. Retenez simplement qu'un loup et de la pluie ça ne fait qu'un loup mouillé et rien d'autre !

JOUR 21 : Être d'équerre

On m'a chuchoté entre les oreilles qu'une équerre est un instrument qui sert à tracer des angles droits. On m'a dit également qu'un angle droit est un quart de tour ou la moitié d'un angle plat. Un angle droit fait 90°, c'est chaud et je ne vous parle pas du plat.

Mais arrêtons donc ces notions de mathématiques pour revenir à cette équerre. Pôpa dit toujours qu'il faut être d'équerre quand tu veux qu'une chose fonctionne comme tu le souhaites. Alors, si je fais la somme des angles, si j'ôte à cette somme l'âge de Pôpa et la dimension de la chose à faire... Non attendez, ça doit être le contraire. Et puis de toute façon mon angle ne fait jamais 90°.

Bien évidemment, avant ces calculs savants, j'avais essayé de mettre mon corps à l'angle demandé. Bref, je ne sais pas comment fait Pôpa mais c'est vraiment pas confortable pour effectuer la moindre tâche.

Enfin je mens un peu, il y a bien un truc que je peux faire quand je mets mon corps en angle droit. Et non je ne vous dirai rien, je laisse le boulot à votre imagination !

JOUR 22 : Monter sur ses grands chevaux

Il est des jours ou je préférerais ne pas comprendre les mots des humains. J'essaie de rester stoïque, de ne pas montrer ma colère et mon indignation. C'est difficile parce que je voudrais crier, hurler si fort que le monde entier pourrait entendre.

Il y a tant de souffrance, tant de peine et tant de mépris dans ces mots entendus. Qui sont donc ces individus capables d'autant d'actes barbares sur des êtres sans défense ?

Je me demande parfois comment les Humains considèrent le monde animal. Je crois que la majorité n'imagine même pas que nous ressentons les choses.

Combien de « Ce n'est qu'un chien, un chat ... » suivis de « Ils n'ont pas conscience de... ». Évidemment que nous avons conscience. La douleur, la peine, la souffrance, on comprend, on ressent. Certains disent que nous n'avons pas conscience de notre mort, je crois tout simplement que nous intégrons notre mort à notre vie. C'est un tout, un ensemble indissociable, on ne peut mourir sans avoir vécu, ne serait-ce qu'un court moment.

Mais arrêtons-là cette pensée sur la vie et la mort qui

m'amènerait à des réflexions philosophiques et à voir l'état dans lequel se trouve Môman en ce moment, je préfère m'abstenir. Elle est en colère, les mots que j'ai entendus, elle les a lus. Alors elle crie sa colère au premier venu, en l'occurrence Pôpa qui n'a rien demandé mais il écoute. Cette souffrance elle l'exprime comme elle peut, elle le fait devant l'unique personne capable de comprendre ces maux et de lui dire.

Aujourd'hui il, lui dit : « Pas la peine de monter sur tes grands chevaux, ici là devant moi, ça ne sert à rien ».

Certes, Pôpa ne trouve pas toujours les mots mais c'est compliqué avec Môman parce que souvent c'est son cœur qui parle, sa bouche a tendance à faire du yaourt dans ces cas-là. Mais ça tombe bien, moi j'entends aussi son cœur. Devant toutes ces atrocités, il hurle, gémit et sanglote. Il a si mal. Mais Pôpa a tort, Môman a raison de monter sur ses grands chevaux même si je suis bien incapable de vous dire où elle les range.

Tout en haut de ses grands chevaux, elle doit voir le monde autrement, enfin je suppose. Elle doit voir ceux qui font du mal, qui blessent, qui torturent, ceux qui font ces actes en toute impunité.

Alors oui des fois, je voudrais monter sur les grands chevaux avec Môman, je voudrais qu'on se lance au galop pour pouvoir attraper la conscience de ces vilaines personnes.

Mais je n'ai jamais vu les grands chevaux de Môman, peut-être qu'ils sont si grands qu'ils en sont devenus invisibles.

JOUR 23 : S'en tamponner l'oreille avec une babouche pour éviter de se crêper le chignon !

J'ai cru un instant me trouver sur une autre planète ou dans monde parallèle.

Mais c'était quoi cet échange de mots? Même avant de comprendre, je comprenais mieux.

Mouais, en le disant, je me demande si je suis vraiment clair. Je vais essayer autrement. Avant, je comprenais quelques mots et puis j'ai eu la possibilité d'en comprendre plus mais la vérité était que j'en comprenais encore moins durant cet échange. Bon désolé, faudra vous contenter de cette explication, je ne peux pas mieux faire.

Peu importe parce qu'il m'a fallu du temps pour admettre que nous étions toujours sur terre et à la même époque que quelques instants auparavant et qu'aucun monde parallèle ne s'était glissé par une faille temporelle. Je me rends compte à nouveau qu'il faudrait un chouïa d'explications supplémentaires. Alors voilà, Pôpa et Môman regardaient un truc à la télé mais Pôpa a dit qu'il ne voulait pas regarder un film en VOST FR [1].

Môman a répliqué que c'était un super film alors elle avait pensé que lire quelques phrases n'allait pas le déranger.

---

1. VOST FR : Version originale sous-titrée en français

Bon, déjà que la conversation n'était pas des plus limpides pour moi, Pôpa a ajouté qu'il s'en tamponnait les oreilles avec une énorme babouche. Super film ou pas, pas de VOST FR ! Môman a poussé alors un énorme soupir et a ajouté que Pôpa avait gagné, qu'elle n'avait pas envie de se crêper le chignon pour un film qu'elle pourrait voir plus tard.

Alors je mettrais bien tout ça sur le dos de Mr Trad mais il est plutôt fiable en ce moment donc j'ai appris aujourd'hui que pour ne pas faire de crêpes en chignon il faut d'abord taper son oreille sur une pantoufle.

Mouais je ne suis pas certain que ça me serve un jour.

Et maintenant que j'y pense, c'est quoi VOST FR ?

Mr Trad ? Allô ? Manque pas des voyelles dans ta traduction ?

JOUR 24 : Sans tambour ni trompette

J'ai beau avoir certaines capacités, je n'en reste pas moins un chien. Je vous rappelle la définition : Le Chien (*Canis lupus familiaris*) est la sous-espèce domestique du Loup gris (*Canis lupus*), un mammifère de la famille des Canidés (*Canidae*).

Donc, il coule dans mes veines du sang du loup. Je sais qu'au premier regard ce n'est pas évident, mais quand même, il m'en reste quelques miettes. Bref, quand il est arrivé sur moi, j'ai cru qu'il voulait me bouffer ou un truc du genre. On peut dire qu'il y a eu réminiscence d'un gène de loup dominant qui voulait dire que j'étais le mâle alpha. Enfin c'est ce que je me suis dit parce que franchement je ne suis pas du genre à montrer les crocs. Alors pourquoi à ce moment, ce sang qui coule dans mes veines s'est mis à bouillir ?

Môman est restée cool pendant ces prémices d'altercation entre espèces, elle a juste dit que ces choses pouvaient survenir et le fait que ce toutou soit arrivé sur moi sans tambour ni trompettes n'a pas arrangé la situation.

C'est vrai, je suis certain de beaucoup de choses, entre autres que je suis un chien et que malgré mes grandes oreilles tombantes et mon pelage tricolore, j'ai du loup en moi mais je vous jure que si il était arrivé en jouant de la trompette ou en jouant du tambour, ma réaction aurait été exactement la même.

Enfin je crois parce qu'il me semble, après réflexion, que ma réaction a été un peu excessive. D'accord j'ai fait mon « re-loup » et je sais maintenant que s'il revenait avec sa trompette et son tambour, on pourrait jouer en cadence !

JOUR 25 : Être sourd comme un pot

J'ai un gros problème, j'ai en ma possession une information capitale et je ne sais pas quoi en faire.

Lui dire ?

Si je lui dis dans le creux de l'oreille il y a de fortes chances qu'il n'en saisisse pas une bribe. Je vous le rappelle, je ne parle pas et lui dire des « grouf », même très distinctement, ça ne fera pas avancer l'affaire.

Ne pas lui dire ? Ben, je crois que ça, je peux le faire mais quand même, si il s'en aperçoit et qu'il le vit très mal, je vais me sentir responsable. D'un autre coté et si j'ai saisi toute l'étendue de l'information, j'ai remarqué qu'il avait un problème à ce niveau-là... Mazette, il parle fort et la télé a le niveau de son dans le rouge.

Donc quand Môman a dit que son papa devenait sourd comme un pot, je me demande si il n'y a pas corrélation. On est d'accord ? Il y a un lien entre le son de la télé poussé dans le rouge et les oreilles défaillantes. Par contre, encore une fois que vient faire cet article de vaisselle là-dedans ?

Pauv'Papy, ça doit pas être drôle d'être sourd mais en plus de se faire comparer à un contenant... PFFF! Un pot ... pourquoi pas un couscoussier ?

Parce que, aux dernières nouvelles un couscoussier n'entend pas plus qu'un pot !

JOUR 26 : Crotte de bique !

Je démissionne !

Je revends mon don ! Non, je le donne !

Non, je licencie Mr Trad !

Je veux redevenir un chien normal !

Mais qu'est-ce qu'ils ont tous à parler pour dire des choses qui n'ont aucun sens ? Ça a commencé ce matin quand Môman essayait de monter un petit meuble en kit. Elle râlait sur le manque d'informations sur la notice et s'est exclamée : « C'est pas de la tarte ! ».

Euh… Comment te dire Môman, effectivement ce n'est pas de la tarte mais un petit meuble, ou du moins c'est censé le devenir ! Quelques instants plus tard, Pôpa affairé à une tâche différente demande de l'aide à Môman. Savez-vous ce qu'elle a répondu ? Elle a dit : « Plus tard, je n'ai pas quatre bras ! » Comprends pas la réponse.

Il ne lui demandait pas son troisième et quatrième bras, juste les deux en sa possession !

Puis après je crois qu'il y a eu dysfonctionnement de l'interface ou erreur de manipulation du programme du traducteur parce que Môman, encore elle, a exprimé son mécontentement en criant : « Mais c'est de la crotte de bique ce machin, et les explications sont claires comme du jus de chique! ».

Vous voulez peut-être savoir ce qu'il en est du petit meuble? Ben, il va bien. Pôpa est venu à la rescousse. Attention, je ne dis pas que c'est parce que Pôpa est un garçon qu'il a su monter le meuble mieux que Môman. Absolument pas. D'habitude, elle n'a besoin de personne, je vous le jure mais pour celui-là, elle a dit qu'elle s'était emmêlée les pinceaux!

On est d'accord? Y a bien dysfonctionnement? Je ne suis pas fou.

JOUR 27 : Sans queue ni tête

Je me rends compte parfois que mes propos peuvent sembler confus. Mais il faut que je vous dise que pour moi, c'est la même chose. Je sais qu'il y a des suites de mots que vous appelez « expression » que vous utilisez, à mon goût, un peu trop.

Vous dites : « Appelons un chat, un chat ! » C'est ce que j'entends, mais entre nous comment voulez-vous le nommer ? Puisque de toute évidence vous avez la confirmation que c'est un chat, il me semble qu'affirmer que c'est bien un chat n'est pas une hérésie.

Je vous parle de « Fontaine je ne boirai pas de ton eau ! » ? Je ne sais pas vous mais je me trouve devant une fontaine, je meurs de soif et… Eh non, je ne bois pas ! PFFF… Après il paraît qu'il faut se méfier de l'eau qui dort. Non, je ne ferai aucun commentaire.

Je vous le confirme, être un chien qui comprend les mots que disent les humains, c'est loin d'être de tout repos ! Comprendre les mots, c'est une chose mais ce que vous en faites, c'est compliqué. Oui c'est vrai je commence à fatiguer, ils sont où les « wouaf » et les « Grrr » ? Pour nous un chat, c'est un chat et l'eau ne dort pas, elle mouille ou elle désaltère. Et bien sûr que je pourrai vous en citer des tas d'autres mais là, je ne sais pas, j'ai comme l'impression que vous êtes en train de vous dire que ce que je dis n'a ni queue ni tête est sans intérêt. Franchement, c'est pas plus simple de m'annoncer : « Eh Murphy, je m'en brosse le nombril avec le pinceau de l'indifférence ».

En fait non, c'est pas plus simple, au temps pour moi.

JOUR 28 : Avoir la rage

J'étais un peu perdu. En fait j'étais complètement à la ramasse avec ces histoires de passages aux sanitaires, de bovidé ou de bolide, de distance sous le ciel, de vase qui attend on. Le seul mot que j'avais compris c'était virus. Mais faut m'excuser, j'étais pas totalement moi ce jour-là, j'étais ballonné. La faute à la carcasse de poulet trouvée dans le grand bac à recycler.

Bref, alors si Mr Trad n'a pas tout mélangé, et si j'avais suivi la conversation du jour comme il faut dans sa globalité, je n'aurais tout de même pas tout faux. Mais les gens ne s'offusquent pas d'un passage aux sanitaires, que les vaches n'ont rien à faire là-dedans et les vases encore moins. Il s'agirait de piqûres à faire pour combattre un vilain virus et que grâce à ça, on sauve des vies. Et il y en a qui ne veulent pas la piqûre !

D'un côté, je peux comprendre, c'est pas franchement un pur plaisir mais d'un autre coté comme un certain Mr Ventura chante :

« Ça vaut mieux que d'attraper la scarlatine

Ça vaut mieux que d'avaler d'la mort aux rats

Ça vaut mieux que de sucer d'la naphtaline

Ça vaut mieux que d'faire le zouave au Pont d'l'Alma ... ».

Enfin moi, on me fait des piqûres régulièrement et on me dit que c'est pour mon bien, pour éviter d'attraper des vilaines maladies et de les refiler à mes potes. Je ne vais pas contredire le « Doc pour Toutous », il connaît son métier. Alors les « Docs pour Gens » doivent savoir aussi. Les vaccins, ça a une utilité.

Et que les réfractaires ne s'inquiètent pas : avant de leur donner, on fait des millions de tests sur des animaux, des chiens comme moi qui n'ont rien demandé.

Môman dit que par respect pour tous ces êtres humains, animaux qui sont morts pour qu'elle vive, elle a fait ses vaccins. Môman dit aussi qu'elle a la rage pour ceux qui n'en

ont rien à foutre de tout ça. Mais je suis certain d'une chose :
la rage c'est pas moi qui lui ai donné, je suis vacciné !

JOUR 29 : Les doigts dans le nez

Quand j'étais petit, enfin quand j'étais encore un chiot avide de connaître le monde, pressé de découvrir des nouveaux environnements et de goûter à de nouvelles saveurs, il m'arrivait de surévaluer la confiance que j'avais en mes instincts primitifs. En d'autres termes, j'étais intrépide mais trouillard! Je pouvais donc foncer tête baissée sur un énorme tracteur persuadé qu'un de mes aboiements de bébé pourrait le faire disparaître et dans la seconde qui suivait avoir peur d'une plume qui virevoltait dans la brise légère du matin. On appellera cela le « paradoxe Murphy ». Bref, un mur de briques en était devenu un.

Dans le sens aller de la balade, je ne le calculais pas, mais dans le sens du retour, ce mur se transformait en monstre ou gouffre infranchissable ou mur diabolique, allez savoir mais il m'était alors impossible de faire un pas de plus. Ni les menaces, ni les mots doux, ni les récompenses dont j'étais déjà très friand ne me faisaient changer d'avis. J'étais pétrifié à la vue de ce coin de rue au point que Môman était obligée de me prendre dans ses bras pour avancer. Elle avait insisté quelques semaines, et puis avait fini par abdiquer en choisissant un autre parcours. Je ne sais toujours pas pourquoi j'avais peur, j'ai dû avoir, dans mes vies antérieures, un traumatisme avec un mur en briques rouges, ou pas. Parfois, la psychologie d'un beagle est fort complexe, voire inattendue. Il suffit parfois de ne pas chercher, il faut juste attendre que ça passe. C'est ce qu'a fait Môman, elle a attendu que ça passe.

Bon, elle a attendu 5 ans tout de même mais un matin, je suis passé. Môman était fière de moi ou de sa patience, je ne peux pas dire mais elle l'a raconté à tous ceux qui voulaient l'entendre. Elle a dit : « Murphy a franchi le mur et il l'a fait les doigts dans le nez ! »

Alors, je ne vais pas vous mentir, je ne souviens pas vraiment du moment exact de mon exploit. J'ai de vagues souvenirs d'une Môman heureuse et triomphante qui avait exécuté un minable pas de danse en pleine rue. Mais ce dont je suis certain, c'est que quand je suis passé, je n'avais aucun doigt dans le nez ! Nan, Môman tes doigts, puisqu'on parle bien des tiens vu que moi, j'ai pas de mains avec des doigts au bout, tes doigts donc, ne se trouvaient pas plantés dans mes narines ! Et après un tel discours, on a le culot de me trouver bizarre !

JOUR 30 : Être réglé comme du papier à musique

Voyez-vous, j'ai un planning quotidien que j'essaie de respecter scrupuleusement. Des tâches à faire, des menus à déguster, des choses à quémander, des sorties à effectuer, etc. Ma journée commence toujours de la même façon : aller réveiller Pôpa et Môman. Toujours à 7 heures, pas une seconde de plus ni de moins. Les changements d'heures, les vacances, les couchers tardifs, les fêtes... M'en fous. 7 heures, c'est 7 heures ! Ensuite, petit tour dans le jardin, attendre le petit bout de pain grillé qui tombe de la table et dégustation de croquettes.

Après c'est balade, 5 kilomètres minimum et ce, quel que soit le temps. Il est environ 10 heures quand je rentre, le ventre plein et les intestins vides. La journée peut commencer par une sieste bien méritée. Midi, ça sent les trucs qui rissolent, les machins qui font « blop blop » dans la casserole, je suis au taquet !

Arrive alors ma séance d'hypnose d'assiette, et généralement je tente seulement, et puis je ne suis pas au point sur la lévitation d'objets, quand les assiettes arrivent à hauteur de truffe, elles sont toujours vides. Bref, je tente toujours, on ne sait jamais. L'après-midi, en général,

Môman s'installe devant son ordinateur, paraît qu'elle écrit des trucs. Pour moi, c'est le moment « Biscrocks ». Je viens déposer mon « os à Biscrocks » et je le mets sur le clavier, comme ça Môman ne peut pas feindre de ne pas l'avoir vu.

Des fois, j'ai pas envie de dormir alors je joue avec mes doudous ou je pique le papier toilette ou un truc qui n'est pas destiné à finir en morceau ou dans mon estomac. C'est le moment du troc ! Je rends ledit objet et en contrepartie, j'ai un petit gâteau. Puis, peu importe le jour de la semaine, 19 heures c'est l'heure des croquettes et là, je suis intransigeant. Et pour finir, 21 heures dernier délai, ma nuit peut commencer.

Je trouve que franchement mon planning quotidien est au top et Môman a l'air de l'apprécier puisqu'elle dit toujours que je suis réglé comme du papier à musique. Enfin je crois, puisqu'elle le dit en souriant mais je me demande si du coup elle ne voudrait pas que j'insère dans mon planning un moment où je ferais des vocalises. Je veux dire un truc à heure fixe, pas juste quand il y a un truc chelou qui passe devant la maison. Ben, je trouve que ça demande réflexion. Quelques instants de chant et de notes par jour, ça peut pas faire de mal.

WHOUHOUHOUHOU!

WHOUHOUHOUHOU!

WHOUHOUHOUHOU!

WHOUHOUHOUHOU!

WHOUHOUHOUHOU!

WHOUHOUHOUHOU!

JOUR 31 : Vendre la mèche !

Je peux vous dire que ça discutait grave ce soir-là. Ils étaient tous à se demander qui l'avait vendue ! Personne n'était censé pouvoir acheter et encore moins vendre Lamèche !

Ils étaient à table et j'entendais : « je jure que c'est pas moi », « moi non plus, enfin, voyons », « y a bien quelqu'un qui a fini par la vendre » etc.

Et puis soudain, Pôpa a pris la parole et a dit : « désolé, c'est moi ». Rho, la boulette !

Pôpa a vendu Laméche ! Ils n'étaient pas franchement ravis, surtout mon frère. Apparemment il tenait beaucoup à Lamèche. A mon avis, c'est un de ses doudous de quand il était petit. Nan, ils disent : « elle ». Ou alors un doudou fille ?

Bref, j'ai toujours pas compris ce qu'était Laméche, je sais juste qu'il fallait pas la vendre enfin pas si tôt parce qu'ils ont fini par admettre que c'était pas si grave, qu'il aurait fallu la vendre un jour ou l'autre et que même sans la vendre, tout le monde aurait fini par savoir !

Autant vous dire que même avec l'aide de Mr Trad, je n'ai absolument rien capté. Mais c'est qui ou quoi Laméche ? Nom d'un petit bonhomme, quelqu'un peut-il me mettre dans la confidence ?

JOUR 32 : Les carottes sont cuites

Comment? Qu'est-ce que je viens de comprendre? Vous ne dites pas toujours ce que vous pensez? Comment vous faites pour dire un truc et ne pas le penser? En ce qui me concerne, penser tout court est déjà un chouïa compliqué, surtout avec tous les mots que j'apprends chaque jour.

Et voilà qu'aujourd'hui j'ai compris que vous ne répétez pas forcément ce que votre cœur vous chuchote. Il paraît que cela s'appelle un mensonge. Vous voulez que je vous dise, je trouve ça déprimant! Donc, quand j'ai malencontreusement renversé le bac à recycler, enfin la poubelle comme vous dites, et que de ce fait Môman a dit « j'ai vu ton stratagème Murphy, je t'ai vu, je peux te le dire, les carottes sont cuites pour toi! », elle ne parlait pas de rab à mettre dans les croquettes. C'est bien ça? Comment je l'ai compris? PFFF, j'ai jamais eu de rab de quoi que ce soit!

Et puis, par déduction, je sais pas, des fois je vois des choses dans le regard, dans les gestes, dans l'attitude. Je ressens par exemple une colère ou une peine et maintenant que Mr Trad est là, je comprends les mots, alors je sais que les émotions ressenties ne collent pas avec les mots prononcés. Du coup, puisque j'ai compris le concept du mensonge je sais qu'il est aussi là pour protéger, apaiser et même par amour. Il n'est pas là juste pour me faire miroiter des belles carottes cuites et ne jamais me les donner, n'est-ce pas Môman?

JOUR 33 : Tomber dans les pommes

Savez-vous ce que ça fait de se cogner le petit orteil contre un coin de meuble? Moi pas, et en plus je ne suis pas même certain d'avoir un petit orteil. Si? J'ai des doigts aussi? Zut alors. Mouais de toute façon, est-ce vraiment important de la savoir, puisque je ne me suis jamais cogné le petit orteil. Bref, c'est juste Môman qui me posait la question en grimaçant après avoir dit des mots... Euh... des mots qui finissent par « ain », par « ier », par « el ». Des mots donc que je ne peux en aucun cas répéter sous peine de privation de Biscrocks. En résumé, Môman a dit : « Fichtre! Ouille! Quelle est donc cette douleur qui irradie jusqu'à mes oreilles! ».

Bon d'accord j'imagine que cela doit être douloureux à voir sa tête mais si elle ne marchait pas pieds nus... J'dis ça pour son bien. Bon y a quand même un truc qui me chiffonne un chouïa, il paraît que la douleur était si vive qu'elle a failli tomber dans les pommes, dixit Môman. Je me demande tout de même si cette douleur n'a pas été plus haut que les oreilles et que cela n'a pas, un court instant, déréglé son système de reconnaissance de mobilier. Parce que si vous voulez mon avis, et même si vous n'en voulez pas je vous le donne quand même, Môman se trouvait dans le salon quand son petit orteil a fait la douloureuse rencontre du coin du meuble, et en aucun cas, je dis bien en aucun cas, elle aurait pu tomber dans des pommes. Au mieux le canapé, au pire sur le tapis moelleux! Y a pas de pommier dans la maison, foi de Murphy!

Il me semble tout de même que si cela avait été le cas, j'aurais eu la présence d'esprit de l'arroser et de, par cet acte tout à fait naturel, marquer de mon empreinte cet arbre fruitier!

JOUR 34 : Garder un chien de sa chienne

Quels sont donc ces appels qui viennent peupler mes nuits et s'invitent dans mon sommeil? J'ai parfois l'impression que tous ses cris de détresse convergent vers moi. Je me sens alors comme un aimant à émotions où chaque particule de douleur et d'incompréhension viennent se coller aux parois de mon âme. Je sens les battements de mon cœur s'accélérer jusqu'à devenir un même et seul bruit déchirant. Je ressens la tristesse et la peur, je vois ces regards perdus et tous ces êtres qui demandent pourquoi. Que se passe-t-il donc? Pourquoi cette haine? Pourquoi ce mépris? Ma gorge se serre un peu plus, toujours plus et je commence à suffoquer.

Je me réveille alors. Un cauchemar? Non, c'est bien plus que ça.

C'est le cri des chiens et des chats, abandonnés, délaissés, martyrisés chaque jour.

C'est le cri des personnes qui les recueillent et qui essaient de donner ce qu'on leur a ôté.

C'est le cri d'une confiance piétinée, d'un amour absent et d'une considération impossible.

C'est le cri de ces cœurs qui battent dans le seul espoir

d'être aimé.

C'est le cri des invisibles, des laissés-pour-compte, des « encombrants », des « trop vieux », des « trop malades », des « trop rien du tout »...

Je ne peux plus dormir, la douleur est trop présente.

Je ne peux plus rêver, la haine est trop palpable.

Je ne veux plus comprendre, je ne veux plus entendre.

Et puis, un corps chaud vient se blottir contre moi, une main me caresse doucement, une voix me parle tendrement. J'ai dû hurler sans m'en rendre compte. Qu'il est doux et apaisant ce son, qu'elle est légère et réconfortante cette voix. Ma respiration s'apaise et mon cœur reprend son rythme.

Môman me dit alors qu'elle a entendu aussi, que nous ne sommes pas seuls à entendre, qu'elle espère qu'un jour la vie, les astres, le destin, ou une quelconque divinité leur rendra la monnaie de leur pièce à tous ces viles gens. Je ne sais pas si là-haut ou ailleurs ils ont de la monnaie. Je crois qu'en ce qui nous concerne Môman et moi, on préfère qu'ils leur gardent un chien de leur chienne, juste histoire d'être raccord !

JOUR 35 : Ce n'est pas une sinécure

Je ne me souviens pas de mes premiers pas.

Je ne me souviens pas de celle qui m'a donné le jour.

Je ne me souviens pas de mon frère ou de mes sœurs.

Je ne me souviens pas qu'il y eut un avant.

Combien de temps a-t-il fallu pour que je comprenne ce que les humains appellent propreté? Je ne sais pas, je ne sais même pas si il a fallu m'apprendre.

Combien de temps a-t-il fallu pour que je comprenne ce que j'avais le droit ou pas de faire? Je ne sais pas, il me semble que je l'ai toujours su.

Il est pourtant évident que j'ai dû apprendre à être ce que je suis.

Peut-être ai-je testé parfois la patience, peut-être ai-je montré parfois que je n'étais pas prêt à me laisser faire contre un toutou qui cherchait une quelconque place dans une hiérarchie ubuesque, peut-être ai-je tenté de montrer que moi aussi je pouvais jouer à ça, peut-être ai-je parfois saisi une opportunité pour manger des trucs logiquement interdits, peut-être ai-je passé différents stades, phases dans le chemin qui m'ont amené à l'âge adulte... J'ai dû, comme tout chiot, apprendre, tester, goûter, essayer, tenter, grandir et comprendre. Je ne suis pas né adulte, je suis né avec un potentiel, avec un cœur qui ne demande qu'à aimer.

Beaucoup de personnes disent que d'avoir un chiot à éduquer, ce n'est pas une sinécure. Je ne sais pas trop ce que ça veut dire mais je crois le comprendre dans la façon qu'ils ont d'énoncer cela comme un fait. Je crois qu'ils veulent dire que ce n'est pas quelque chose de facile. Et être un chiot, arraché du jour au lendemain à la douceur d'une maman et à la présence réconfortante de ses frères et sœurs, croyez-vous que cela est facile ?

Être un chiot et devoir apprendre en quelques semaines, ou en quelques mois dans le meilleur des cas, ce que les humains mettent des années à comprendre, croyez-vous que cela est facile ?

Alors, ce qui n'est vraiment pas une sinécure, c'est d'être chiot et de porter sur ses épaules la faute des hommes qui ne veulent pas nous laisser le temps d'apprendre.

JOUR 36 : Faut pas pousser mémé dans les orties !

Autant vous dire qu'il y a des choses avec lesquelles il ne faut pas titiller la patience de Môman. Même si elle est d'une nature tolérante et compréhensive, il y a des sujets à bannir si vous ne voulez pas voir un morceau de son courroux. Je sais, ma formulation n'est peut-être pas au top, et certains mots ne sont peut-être pas utilisés à bon escient mais sincèrement, je fais ce que je peux avec ce que j'ai à disposition.

J'apprends encore.

Bref, j'ai été témoin d'une discussion qui a failli mal finir. Quelqu'un a osé dire que j'étais un poids dans la vie de Môman et que par ma faute, elle passait à coté de tas de choses. Qu'en plus, elle m'avait laissé trop faire et que c'était de sa faute si j'étais trop proche et que son absence trop longue me rendait malade. C'est ça, j'étais un boulet accroché à sa cheville et que sa vie se réduisait à moi. Je me demande comment une vie peut se réduire à de l'amour ?

N'est-ce pas justement la vie ?

Ces questions, Môman n'a pas eu besoin de se les poser parce qu'elle avait déjà les réponses. J'ai entendu les battements de son cœur s'accélérer et ce n'était pas de joie.

J'ai même aperçu les poils de ses bras se dresser et la veine du cou se gonfler.

Je crois que le coup de grâce est tombé quand cette personne a dit : « Moi, mon chien reste la journée seul, il ne monte pas sur le canapé, ni ne réclame des gâteaux et il obéit, lui ! » Alors, y a pas eu de bagarre, ni d'effusion de sang. Môman a juste coupé net la conversation, a changé de sujet et a prétexté un rendez-vous oublié pour raccompagner cette personne à la porte. C'est vrai, Môman les bagarres, c'est pas son truc, question de gabarit et de force dit-elle. Quoique, je l'ai déjà sentie prête à mordre mais je crois que c'était sur le chien qui voulait me niaquer ! Certes, ses crocs ne valent pas les miens mais je crois qu'elle avait oublié ce détail quand elle s'est mise entre moi et mon assaillant.

Pour ce qu'il en est de son courroux envers cette personne c'est un effacement total et définitif de sa liste de connaissances. C'est ce qu'elle m'a dit en ajoutant : « Faut pas pousser mémé dans les orties ! »

Si j'avais eu le don de parole je lui aurais répondu : « Euh, je ne pense pas que cette personne t'ait comparée à une personne d'un certain âge en projetant ton corps dans ces herbes urticantes ! »

Mais franchement, Môman peut dire ce qu'elle veut, se bagarrer, effacer, faire dresser ses poils et gonfler ses veines tant que son cœur bat à l'unisson du mien, tout me va !

JOUR 37 : Chercher midi à quatorze heures

Bon, il est temps que je vous le dise, et ce n'est quand même vraiment pas un scoop, mais je crois que Môman yoyotte sérieusement. Si je vous assure, j'avais déjà remarqué qu'elle parlait seule, qu'elle parlait à son ordinateur, qu'elle marmonnait, qu'elle grognait parfois, qu'elle s'énervait à cause de la touche récalcitrante de son ordi vous savez, celle qui fait les trémas, mais là, je l'ai vu pleurer en écrivant.

Et puis elle a tout effacé… et elle a recommencé à écrire et elle a encore pleuré. Je ne sais pas si c'est parce qu'elle n'arrivait pas à écrire ses émotions ou qu'elle y arrivait trop bien peut-être mais je ne savais pas quoi faire alors j'ai posé ma tête sur ses genoux. J'aurais dû m'abstenir parce que à ce moment-là, ma tête est restée coincée entre le bureau et les genoux de Môman qui continuait son petit manège : j'écris, je pleurs, j'efface, j'écris, je pleure et j'efface … Imaginez la scène : Môman qui se mouche et moi la tête prise en sandwich entre un meuble et des jambes. Bref j'avais réussi à me « désandwichériser » et Môman avait arrêté de se moucher par manque de Kleenex. Après, il avait bien fallu que l'on ait une petite conversation.

Je l'avais regardée le plus intensément possible. Je vous

179

jure : genre regard qui tue, je voulais absolument savoir pourquoi ma tête avait été aplatie sans qu'elle s'en rende compte. Elle avait commencé par me dire « Non Murphy, pas de Biscrocks ». J'avais donc revu mon regard qui tue, puisqu' apparemment, il n'était pas très clair. Et puis, elle m'avait regardé et je vous jure que j'ai vu une étincelle dans le bleu de ses yeux.

En fait, ses yeux sont verts... Non, gris... Je crois bien qu'ils sont un peu des trois mais là, c'est pas le plus important, l'important c'est ce qu'elle m'a dit : « Ben mon Doudou, tu dois te demander pourquoi je passe par tous ces états. En fait tu sais, j'essaye de dire au revoir mais je ne trouve pas les mots. Je veux une note d'espoir, un soupçon d'humour, des louches de sentiments, des marmites d'amour, je veux trouver un équilibre parfait. Tu sais quoi ? Tu as raison, il ne faut pas que je cherche midi à quatorze heures, il faut juste se servir de son cœur. Merci mon Doudou ».

Si j'avais été touché par ses remerciements et le fait que je lui inspire des choses d'amour, il y a un truc que jamais mais jamais je ne lui ai dit, parole de Murphy. Jamais je ne lui ai demandé de changer de fuseau horaire !

JOUR 38 : Avoir le dernier mot

J'ai fait un rêve étrange. Je me trouvais allongé sur le dos dans une sorte de grand pré. Mon regard était fixé sur le ciel et des petits nuages cotonneux dansaient au rythme des battements de mon cœur. Près de moi, allongée sur le dos également se trouvait Môman. Sa tête touchait la mienne et sa main tenait ma patte en son creux. C'était magique.

Et puis le soleil s'est éteint en une fraction de seconde et un ciel étoilé est apparu. Sous cette voûte céleste, quelqu'un s'est allongé près de nous et a dit :

« Bonsoir Murphy et Môman de Murphy. »

- Mais qui êtes-vous ? m'entendis-je dire.

- Je suis celui que tu nommes Mr Trad, et si ma voix te semble différente, c'est qu'ici je n'ai besoin d'aucun filtre.

- Mr Trad ?! Que faites-vous là ? Vous m'entendez penser ? Ou parler ?

- Nous communiquons tout simplement Murphy, c'est comme ça depuis le début.

- Mouais mais pourquoi ai-je ce drôle de sentiment que c'est bientôt la fin ? A moins que ce soit le commencement de quelque chose? J'suis un peu perdu.

- C'est les deux à la fois. C'est le moment pour moi d'avoir le dernier mot.

- Quel dernier mot? Où est-il d'abord? Pourquoi c'est vous qui l'auriez? Mr Trad, je n'y comprends rien.

- Murphy, sache qu'aussi beaux soient-ils, les mots restent des mots. Parfois les silences sont plus éloquents. Tu n'as pas besoin de comprendre les mots pour accomplir ta mission. Je me suis trompé. Il est temps que tu redeviennes ce que tu es. Mais avant, dis-moi, quel serait ton plus beau rêve?

C'est à ce moment-là que j'ai senti la main de Môman serrer ma patte un peu plus fort. Un fourmillement a parcouru alors le chemin jusqu'à ma colonne vertébrale et continué sa route tout le long. C'était comme si les pensées de Môman et les miennes s'entrelaçaient pour n'en faire qu'une. Tout est devenu limpide et j'ai dit : « C'est d'avoir la capacité de pouvoir rendre palpable l'amour que je reçois et que je donne, pour que ceux qui doutent qu'il existe, ne doutent plus, parce qu'ils l'auront senti entre les doigts. »

Personne n'a eu à m'expliquer ce que voulait dire « avoir le dernier mot ». Il était évident que c'est l'amour qui l'aurait toujours. Mr Trad a disparu comme il était arrivé, dans un soupir durant mon sommeil...

C'était arrivé à mon réveil, j'avais senti quelque chose de différent. Je ne pouvais pas dire ni pourquoi, ni comment mais...ce n'était plus là !

Ne restait que cette certitude : je m'appelle Murphy et je suis un chien !

JOUR 39 : C'est dans mes cordes.

Peut-être ai-je franchi une ultime étape dans cette nouvelle vie, parce que je commence à comprendre. Il y a tellement de choses que les mots peuvent dire mais aucun n'exprime réellement les sentiments et la façon dont ils peuvent nous atteindre.

Comment expliquer ses émotions ressenties quand je la regarde ? Elle dit qu'il y a tellement d'éclats dans mon regard qu'elle a la sensation d'être mon soleil. Elle dit que, par ma présence, j'ai absorbé ce qui noircissait son esprit. Elle dit aussi que je suis son satellite qui régule ses marées, que je suis son souffle, son oxygène... Comment expliquer tout ça à ces gens qui n'y croient pas, qui pensent et qui crient que c'est de la poudre de perlimpinpin jetée aux esprits les plus faibles, qu'un chien n'a pas de sentiment et ne ressent rien parce que c'est un animal ?

Comment expliquer ce lien invisible, cette sensation d'apaisement de de sérénité quand elle est près de moi ? Comment expliquer à ces incrédules qu'elle est mon cœur qui bat ? Hélas, jamais je ne pourrai parce que je ne suis qu'un chien. Par contre ce que je peux faire, c'est continuer à aimer, continuer à vivre et en apprécier chaque instant.

Ma vie est brève, je le sais bien. Un jour, quand le rideau tombera, il ne restera rien de ces mots, ils se perdront dans le glissement inévitable du temps. Mais il restera dans son cœur la lumière que je lui ai donnée.

Oui, un nouveau jour, un dernier jour... C'est là que je dis au revoir, c'est maintenant que je remercie. J'ai beaucoup appris, beaucoup compris. Il y a ceux qui aiment, ceux qui disent aimer, il y a ceux qui pensent savoir aimer, il y a les indécrottables incrédules et il y a nous.

Merci à tous ceux qui aiment leurs chiens, chats, animaux de compagnie comme moi je suis aimé.

Merci à ceux et celles, et ils sont très peu nombreux, à accepter ce lien si particulier qui me lie à ma maîtresse ou dois-je dire mon humaine ? Non... Môman. Merci à ces personnes qui ne jugent pas, qui donnent, donnent sans rien attendre en retour.

Oui c'est dans mes cordes, je vous dis au revoir, nos chemins vont très prochainement se séparer. Dans quelques temps je vais aller me reposer, lové paisiblement contre Môman. Il me reste encore des tas d'années à vivre et j'ai envie de les passer à exécuter parfaitement ma mission : être pour elle un satellite parce que finalement ce n'est pas un rôle que je joue, c'est ma raison d'exister!

FIN

Explications et traductions de Mr Trad

Sources :

- Lintern@ute,

- *Au bonheur des expressions françaises* de C. Mory, Éditions Larousse,

- *300 expressions bien françaises pour épater la galerie* de A.Gilder, Éditions Omnibus

- *Petite histoire des expressions* de G. Henry, M. Tillier, I. Korda, Éditions F. Loisirs)

1 - Sortir de la cuisse de Jupiter

Être né dans une famille aisée ou renommée.

2 - C'est un ours mal léché

Personne rustre, grossière.

3 - Ce n'est pas à un vieux singe qu'on apprend à faire la grimace

On n'apprend pas une chose à quelqu'un qui est plus expérimenté dans ce domaine.

4 - Donner sa langue au chat

Abandonner une réflexion.

5 - Ça ne casse pas trois pattes à un canard

Ce n'est pas extraordinaire.

6 - En faire tout un fromage

Faire toute une affaire de quelque chose qui n'est pas très important.

7 - Avoir le cul bordé de nouilles

Avoir beaucoup de chance.

8 - Donner du fil à retordre

Causer du souci à quelqu'un.

9 - C'est la fin des haricots

La fin de tout.

10 - Chassez le naturel, il revient au galop

On ne peut pas dissimuler sa véritable nature car elle revient toujours à la surface.

11 - Mettre les pieds dans le plat

Aborder maladroitement un sujet à éviter sans s'en rendre compte.

12 - Ne vendons pas la peau de l'ours avant de l'avoir tué

Il ne faut pas utiliser ou considérer comme acquise une chose avant de l'avoir en sa possession.

13 - Y'a pas le feu au lac

Cela ne sert à rien de se presser, on peut attendre.

14 - Donner de la confiture aux cochons

Gâcher quelque chose en le donnant à une personne qui n'en ferait pas un bon usage.

15 - Et mon cul, c'est du poulet ?

Exprime le doute face à la proposition d'un interlocuteur.

16 - Être une poule mouillée

Personne qui a peur de tout et de n'importe quoi.

17 - Prendre le taureau par les cornes

Faire face aux difficultés.

18 - Revenons à nos moutons

Revenir au sujet dont on parlait, reprendre le fil d'une conversation.

19 - Parler de la pluie et du beau temps

Parler de banalités.

20 – Ne pas être né de la dernière pluie

Avoir de l'expérience.

21 - Être d'équerre

Être bien disposé.

22 - Monter sur ses grands chevaux

S'emporter très vite.

23 - S'en tamponner l'oreille avec une babouche

Je m'en fous.

24 - Sans tambour ni trompette

Sans avertir personne, en secret.

25 - Être sourd comme un pot

Être extrêmement, voire complètement sourd, qui n'entend rien.

26 - Crotte de bique!

Zut, flûte!

27 - Sans queue ni tête

Sans logique, sans sens.

28 - Avoir la rage

Être en colère contre quelque chose, pester contre quelqu'un.

29 - Les doigts dans le nez

Avec une grande facilité.

30 - Être réglé comme du papier à musique

Être très organisé.

31 - Vendre la mèche

Trahir un secret.

32- Les carottes sont cuites

Il n'y a plus rien à faire, c'est trop tard.

33 – Tomber dans les pommes

S'évanouir.

34 - Garder un chien de sa chienne

Avoir de la rancœur envers quelqu'un qui nous a fait du mal et prévoir une vengeance.

35 - Ce n'est pas une sinécure

Ce n'est pas quelque chose de facile.

36 - Faut pas pousser mémé dans les orties

S'adresse à une personne qui dépasse les limites.

37 - Chercher midi à quatorze heures

Faire d'une chose simple quelque chose de compliqué.

38 - Avoir le dernier mot

Avoir l'argument le plus fort dans une discussion.

39 - C'est dans mes cordes

Je peux le faire.

Table des Matières

© 2022, Marjorie COLLET-MAILLARD

Édition : BoD – Books on Demand,

12/14 rond-point des Champs-Élysées, 75008 Paris

Impression : BoD - Books on Demand,

Norderstedt, Allemagne

ISBN : 9782322391110

DépôtLégal : Mars 2022

Facebook : Dis-moi Murphy